사랑 이상 어둠 낭만

사랑 이상 어둠 낭만

ⓒ 이재승, 2025

초판 1쇄 발행 2025년 12월 25일

지은이 이재승
펴낸이 이기봉
편집 좋은땅 편집팀
펴낸곳 도서출판 좋은땅
주소 서울특별시 마포구 양화로12길 26 지월드빌딩 (서교동 395-7)
전화 02)374-8616~7
팩스 02)374-8614
이메일 gworldbook@naver.com
홈페이지 www.g-world.co.kr

ISBN 979-11-388-5100-8 (03810)

이재승 시집

사랑 이상
어둠 낭만

좋은땅

처음 시를 썼던 열여덟 살의 나를 기억합니다.

첫사랑과의 이별 뒤, 그리움에 쓴 〈눈사람〉이 제 첫 시였습니다. 몰아치던 감정과 말을 감당하지 못해, 그저 흘려 쓴 것이 시작이었습니다.

그로부터 12년이 지났습니다. 시를 대하는 태도와 쓰는 방식, 그리고 시가 내게 갖는 의미도 달라졌습니다.

처음엔 감정을 풀어내는 도구였고,
친구들의 관심을 끄는 장난 같았습니다.
20대 초반에는 아픔을 견디기 위한 몸부림이었고,
20대 중반에는 나와 가족, 그리고 세상을 관찰하는 창이 되었습니다.

20대 후반, 시는 다른 사람을 위로하는 말이 되었고,
서른을 넘기면서는 "쓰는 것"을 넘어 "사는 것"에 가까워졌습니다.

특히 교직 생활을 시작한 뒤,
제 시를 제자들에게 들려주며 새로운 깨달음을 얻었습니다.

아이들이 제 시에 웃고, 눈을 반짝이며 들어주고,
때로는 자기 얘기처럼 아파하는 모습을 보면서,
시는 '살아 있는 말'이라는 사실을 다시 깨달았습니다.

시는 나를 통해 흘러나가지만,
결국 아이들의 마음에서 다시 살아났습니다.
그 시간들은 시가 왜 존재해야 하는지,
내가 왜 시를 쓰고 살아가야 하는지를 일깨워 주었습니다.

나는 늘 삶이 무엇인지 묻곤 했습니다.
기쁨과 행복은 짧게 스치고,
슬픔과 위기가 오래 남는다고 믿던 시절도 있었지만,
그 속에서 알게 되었습니다.

평범한 일상 속의 작은 빛이야말로

가장 빛나고 소중한 선물이라는 것을요.

돌아보니 내 삶을 관통하는 네 가지 기둥이 있었습니다.

사랑, 이상, 어둠, 낭만.

새로운 단어가 아니라, 지나온 흔적이 남긴 이름들이었습니다.
그래서 이 시집의 제목으로 삼았습니다.

이 책에는 스무 살부터 서른 살까지 쓴 67편의 시가 담겨 있습
니다. 서툴던 시절의 글들은 남겨 두지 않았습니다.

이 시집을 펼쳐 든 독자에게
작은 공감과 위로가 닿기를 바랍니다.

끝으로, 시 쓰는 길을 지탱해 주신 부모님과 형,
그리고 곁에서 함께해 준 친구들과 선배들,
나의 스승님들께 감사드립니다.

무엇보다 내 삶 가까이에서
시를 다시 살아 움직이게 해 준
제자들에게 고마움을 전합니다.

2025년 겨울, 이재승

목차

2부 이상

3부 어둠

4부 낭만

1부

사랑

사랑이다

사랑이다
조건 없는 사랑이며
당신이 그 사랑이다

책갈피

네가 옆에
있으면 좋아서
책갈피 하나 만들었지

책 사이에
끼웠다가

머리맡에
두었다가

주머니 속에
넣었다가

네가 옆에
없어도 견뎌야 해서
곁에 둘 무언가
만든 거였지

창문을 여는 일

꽃이 핀 쪽으로 내 이마를 내어놓고
손가락 반쯤 말아 한쪽 볼을 기대고
잠든 사이 내린 비처럼 담담히 눈 감으면
오려나, 파도처럼 겹겹이 이는 것

기다리는 동안에도 자꾸만 고개를 기웃거렸다
오지 않아도 온 듯이, 만나지 못해도 만난 듯이
또 내가 그 자리에 있었다는 기억에
철없이 웃었다

그러다 창문 너머 기다리던 것이 밀려 들어왔다가
되돌아갈 때면
사랑하는 내 마음도 흘려보내고
손가락들로 한쪽 볼만 토닥이는 것이었다

창문을 연다는 것은
너를 기다리겠다는 일
바람처럼 너에게 다가가겠다는 일

바람이 좋아서

바람이 좋아서
바람이 좋아서

머지않아 눈 내릴 이 추운 날에
내게 닿은 바람은
멀리서부터 불어왔음을 알고

떠나가는 바람 손에
한 움큼의 눈웃음 쥐여 주면서
돌아올 것을 기억하네

바람을 좋아하는 사람은
뜻밖에 불어오는 바람에도 웃고
또 이마를 스친 다음
멀-리 날아가는 바람에도 웃네

그리고 다시 바람이 불어오기까지
평소처럼 지내다가

다시 만날 때
처음 만난 것처럼
그래, 처음 만난 것처럼

바람이 좋아서
바람을 사랑해서

오늘 밤, 비가 그친 내 앞의 길이
아름답게 빛나네

초콜릿

어린 소년은 어느 날 동갑내기 소녀로부터 편지를 받았습니다 폭탄머리 빨간 볼에 코훌쩍이에 당돌한 모습과는 다르게 조심스레 써 내려간 글자를 읽던 소년도 소녀가 싫지 않았으나 너무 어린 탓이었는지 사랑이란 것을 한 개도 알지 못해 좋아하는 마음이 송이송이 피어나도 그다음은 생각한 적 없었고 그러나 소녀가 준 편지를 읽으며 작은 가슴 콩닥거리고 볼따구에 열이 차올랐는데 친구 놈 하나가 편지를 뺏더니 실실 읽어 내려가더니 이윽고 교실 가득 편지 속 글자들을 외치니 소년은 발가벗겨진 편지를 돌려받고 소녀와 눈이 마주쳤는데 어쩔 줄 몰라 하며 서 있는 소녀를 보면서 민망함에 눈시울이 그렁그렁해지는데 소녀의 빨간 볼에도 곧 울렁울렁 흐를 것만 같았는데 개굴개굴거리는 눈들 사이에서 소년은 벌떡 일어나 편지를 바닥으로 냅다 던져 버리며 '이게 뭐야!'하고 도망갔습니다.

그게 소녀를 얼마나 아프게 하는 짓인 줄도 모르고 자기 부끄러운 것밖에 몰라 시간이 흘러 서로 다른 중학교에 간 것도 알지 않았고 또 한참 시간이 흐르는 동안에도 소녀를 기억한 적이 없었습니다 소년과 소녀는 열아홉 살이 되어서 다시 만나게 되었는데 그녀는 당돌하던 모습 그대로 내게 밥 먹자. 나 순대 국밥 좋아해라고 말했고 그녀를 다시 만났을 때 폭탄머리는 검고 우아하게 변해있었고 훌쩍이던 코는 그대로였는데 그녀는 순대 국밥을 받자마자 은색 밥그릇 뚜껑을 뒤집어 초장을 짜고 들깨가루를 섞었고 숫기 없던 나는 밖에서 밥 먹는 것도 어려워 천천히 그녀의 행동을 따라 할 뿐 별말 없이 밥을 다 먹고 나니 그녀가 휴지로 입을 닦으며 '너 그때 편지 던진 거 기억나?'라고 물었습니다.

며칠이 지난 밤에 서로 다른 교복에 가방을 메고 함께 하교를 하면서 그녀와 나는 꿈에 대해 이야기했는데 그녀는 약사가 되고 싶다고 말했고 나는 시인이 되고 싶다고 말했고 내리막길을 걸어 내려오는데 밤공기가 차 별들도 두꺼운 옷 한 벌 서랍에서 꺼내는데 어릴 때 소녀의 집으로 생일 파티 갔던 기억이 나 자연스레 그쪽으로 바래다주면서 나는 왠지 앞으로 한두 번이 그녀와의 마지막이 될 거라 생각했습니다 다시 만났을 때에 편지 던진 일을 먼저 이야기하는 그녀를 보고 사실 나는 그 일이 그녀에게 얼마나 큰 상처였는지 이미 아는 나이가 되어 이따금씩 콕콕 찔렸는데 그녀가 웃으며 물으니 더욱 껍질 벗겨진 생과일이 된 것만 같았습니다.

그 후로 우리는 어릴 때처럼 지내면서 철없게도 이번엔 내 안에 좋아하는 마음이 피어나기 시작했는데 어떻게 된 일인지 그녀는 금세 눈치를 채더니 자기한테 고백하면 안 된다고 말했고 나는 차갑다고 느끼며 아닌 척 둘러대다가 한편으론 들켜 버린 게 다행이라고 생각했습니다 며칠 후에 그녀는 다래끼에 몸살이 나서 집에 누워만 있었는데 초콜릿이 먹고 싶다는 말이 생각나 한 무더기 사 들고 그녀의 집 앞으로 가 내려와 달라고 말했습니다

얼마 지나지 않아 내 앞엔 한쪽 눈이 퉁퉁 부은 폭탄머리 빨간 볼에 코홀쩍이 소녀가 서 있었고 나는 다시 어린 소년이 되어 처음으로 마지막으로 초콜릿을 주었습니다.

나무가 되는 일

풀이 좋습니다
풀이 좋은 이유를
풀이 물으면 나는
모르겠어요
답할 겁니다

회색빛 하늘이 그립습니다
그 까닭을
회색빛 하늘이 묻는다면
나도 모르겠어요
답할 겁니다

당신을 생각합니다
그 이유를 당신이 물었을 때
나는
잘 모르겠다고 답했습니다

풀,

회색빛 구름
그 앞에서, 그 아래에서 나는

한 그루 자연스러운 나무가 되고
한 그루 자연스러운 사람이 됩니다

풀이 좋은 것처럼
회색빛 하늘이 그리운 것처럼

당신을 생각하는 것도
한 그루 나무가 되는 일인 걸요

나의 사랑

차고 넘치는 이 마음으로
누군가를 사랑할 수 있을까

사랑하는 마음이 들면
자꾸만 지나간 날들이 밀려오는 것을
무릅쓰고 사랑할 수 있을까

날이 저무는 풍경을
가까이하고 싶은 것도
결국 많고 미운 나를 위한 일이었다

그중에 하나의 모습으로
누군가를 사랑하려 들었다지
그중에 목이 쉬어 버린
별의 모습으로 밤을 헤맸다지

들키고 싶지 않은 마음 들키고 싶어
소곤소곤 앓다가 차가운

꿈속으로 들어가면
그곳에서도 따뜻한 사람이 되어 있다지

아마도 차고 넘치는 이 마음은
나에게도 줘 본 적 없는
외로운 나의 사랑이었나 보다

섬

우리 서로 멀어지다
다시 만나게 된다면
억지로 웃지는 말도록 해요

어느 한쪽, 애쓰지도 말아요

나 그대를 의심하지 않고
그대도 나를 미워하진 않을 테니
지난날 우리가 얼마나 가까웠는지에 대한 얘기나
고맙고 미안한 것들 따위는
말하지 말아요

설령 누가 실패해서
어느 카페나 술집에 들어가
한두 시간 눈을 맞춰야 하는 상황이 오더라도
지금보다 깊은 대화는
나누지 말아요

한 모금
또 한 모금 마시다가
'살다 보니…'
한 모금 또 마시다가
밖으로 나가요

집에 가요

이 만남에 어떠한 의미도 두지 말고
집에 가서
씻고, 잠이나 자요

아마 우린 각자의 집으로 돌아가
여느 때보다 편히
잠에 들 수 있을 거예요

가을에 하루

지난겨울 내린 눈
가을에 하루
그리워하듯이

오늘은
당신을 그리워했다

그리워하는 동안
눈이 내렸다

창틀에 쌓이는 눈 바라보면서
차갑겠지 차갑겠지
되뇌다가
지난날들을 내 쪽으로 당겨 보았다

이제는 눈이 녹아도
무뚝뚝한 마음이 떠오르는 걸

오늘 하루 불쑥 찾아온 당신을

'후-' 하고

불어 냈다

너를 사랑할 때도

비 오는 날을 좋아한다고
비가 오기를 기다리진 않았다

언제 오냐고 왜 이제 왔냐고
묻지 않았다

너를 사랑할 때도
그랬다

간격

사랑할수록
한 걸음 멀어져야 함을 알면서도
목련꽃처럼
떨어지지 않았네

사랑 앞에 간격을 잊어
자연스럽게 은근하게
시원하게 내리는 비
되지 못하였네

작약

사랑할수록 멀리서 부는 바람 되어
꽃을 흔들진 못해도
사랑이어라

내리(內裏)

어느 오후에
나는 사랑을 하고
느닷없이
뜨거운 것이 흘러내림을 알아차리고
햇살은 쉼 없이 구겨진 종이처럼 연하게 내리고
세상에 아는 것은 하나 없고
모르는 것만 넘실거리고

어느 오후에
나는 사랑을 하고
적막 없이
뜨거운 것이 흘러내림을 알아차리고
햇살은 정 없이 구겨진 종이처럼 흐물흐물 내리고
세상에 아는 것은 하나 없고
모르는 것만 넘실거리고

빗속의 자리

비 오는 길을 함께 걸었다
말 대신
빗소리만큼 사랑이 채워졌다

걸음마다
머무른
빗속의 자리

2부

이
상

어른과 아이

스무 살 자취방엔
센서 등도 없지
서러운 습기만
기다렸다는 듯이
날 빨아들이네

상처를 소주에 담그려다
문득 어머니께
연고 어딨냐고 전화를 했지

어머니는
이제 입김도, 연고도 없이
새살을 돋게 해야 한다고
그게 어른이 되는 거라고 말씀하셨지

열아홉 먹은 문장은
아직도 말줄임표에 머물러 있었네
그 사소하지 않음으로

다시 미소 지었지, 나는

김빠진 소주를
입에 털어 넣는다

오늘 밤도
겨드랑이가 간지럽지
날개가 돋지 않고
매일 밤 간지럽지

방울꽃

나는 새벽에도 바람이 좋아서
햇빛에 종아리가 젖을 때까지 앉아 기다렸다가
애써 오늘 하루 벌어들일 거리를 생각하다가

뒷머리 만지면 툭툭 비워 내고
거기에 싸늘한 물을 발칵발칵 채워 넣고
가을까지 이어지는 장마엔
어깨를 내주었네

한 가닥 줄 위에서도
바람이 좋아서
서로 어색하게 눈을 맞췄는데
그 우물 같은 속내를 누가 알아볼까

귀뚜라미 울음에 맞춰 뒤척거리다
아무것도 보이지 않았으면 하고 웅크릴 걸 알아서

그보다 바람에 이끌려

길을 잃으려는 거라면
다시 돌아오지 못해도
좋다고 말할까

물속으로 나갔어요

물속으로 나갈 시간이에요.

첨벙!

저녁이 온다.
저녁이 온다.
저녁이 와요?

바람이 분다.
바람이 분다.
바람이 불어요?

까치가 날아온다.
까치가 날아온다.
까치가 날아와요?

까치가 날아와 앉는다.
까치가 앉았어요.

사람도 와요.
사람이 와요.

준비한 게 몇 개 없는데
준비하지 못한 것들이
물처럼 내게 와요.

물속으로 숨을까요?
아니야, 안 돼,
너는 물을 무서워하잖아.

[수영 금지]
[낚시 금지]
[호흡 금지]

물속이 낫겠어요.
여긴 물속보다
더 무서운 곳이에요.

첨벙

첨벙

첨벙

누군가 오고 있어요.

누군가 와서 웃고 있어요.

물 같아요.

물 밖으로 들어갈 시간인가요?

젖은 마음

풀잎처럼 자라 있는 슬픔이여
우리 항상 그 위를 밟고 서서
사실은 만연해 있는 것을
같은 마음으로 받아 낼 수 없네

슬픔의 무게에 추를 달수록
서로의 눈썹과 혀의 무게는 가벼워지니
우리는 몸부림쳐 보기도 하고
사라지지 않는 불안과 함께
잠들어 보아도 좋다

그리고 있는 그대로 일어나서
젖은 마음을 다시 말리며
젖을 마음을 기대하는 것

그것이 밤이 오기까지
몇 번이건 더할 나위 없이

더할 나위 없이

풀잎처럼 자라 있는 슬픔이여
그 위에 서 있는 먹먹한 마음이여
사실은 이미 알고 있는 것을
같은 마음으로 받아 낼 수 없네

꽃밭

아침에 우는 날
한 송이씩 피어나
이 작은 곳 가득
봄이 찾아와 버리면
웃어야 하나, 아파해야 하나

한 송이씩 다가가
물을 주었다

이 차가운 곳에
꽃밭조차 없으면
내 마음 어떤 향기를
머금을 수 있겠냐면서

어떤 풍경을
그릴 수 있겠냐면서

기댈 곳

기댈 곳 없는 이에게
그대의 어깨 덥석
내어 주진 말기를

그 사람이 숨 쉴 수 있게
우선은 멀리서
가까이 바라봐 줄 것

또 그대가 알고 있는 무언가를
조금은 나중에 말해 주어도 괜찮음을
가슴속에서 지우지 말기를

지금은 볼 수 없지만
눈이 말라서 구름을 가리킬 때
그대가 알고 있는 것
소나기처럼 내려 줄 것

무엇보다 그대가

그 사람이 사랑하는,
사랑받는 존재임을 기억할 것

편지

누가 나한테
편지 한 통만 써 주세요

반짝이면서 나를 놀래는 말 말고
처음부터 연민으로
나를 움직이려는 마음 말고

그저 맑은 생각 한두 줄
써서 보내 주세요

누구 나에게
편지 한 통만 보내 주세요

마음을 울리려는 문장 말고
희망이 가득한 글 말고

구름이 담긴 사진처럼
바람에 일렁이는 풀꽃처럼

그런 허울 없는 생각 한두 줄
써서 보내 주세요

위로

위로하는 말이
위로가 될 때
사람은
자꾸만 아래로 향하고

사람들 모두
기억 못 할 때
제자리로 가는 길
잊혀만 가네

당신에게

언제 편하게 웃어 봤는지
기억나지 않는 당신에게

얼마 되지 않는
찰나의 웃음 가득했던 순간에도
불안한 속내를 감추고
행복하다 말했던 당신에게

마땅한 사랑을 받지 못한 기억에
사랑을 구하기보다
사랑을 내어 줌으로써
이 힘든 삶을 버텨 온 당신에게

늘 밝은 미소로
사랑을 건네고
홀로
참 많이 울었을 당신에게

어떤 은유 하나 없이
같은 마음 한 송이가
필요했던 당신에게

사랑의 흡수

속 좁은 나의 사랑도
사랑이라고

별 같은 눈과 축축한 혓바닥으로
당신이 준 사랑 여기 와 있다고
꼬리치는 몸짓을 보고 있으면
나는 웃기 전에도
자꾸 부끄러워진다

잘 잤냐고
아침이 왔다고
나가서 쉬하고 이슬에 발 젖고 싶다고
그 싱싱한 마음을 담은 발톱이
내 얼굴을 살짝 긁었을 뿐인데

아침부터 따갑다고
주먹으로 벽을 세게 내쳤던가
이슬이 마르기도 전에 후회하면서

커다란 몸으로 작은 몸 떨게 했던가

너와 내가 다른 것은
사랑의 양이나 방법이 아니라
사랑을 흡수하고
기억하는 자세 아니었나

벽을 친 것도
사랑이 없어서가 아니라
사랑을 흡수하지 못한
준 사랑 많다는 내 탓이 아니었나

속 좁은 나의 사랑도
사랑이라며 꼬리치는 너를 보며

생각한다 오는 사랑
받을 줄 아는 사람이 되어야겠다고

꽃잔디

마당에 꽃잔디를 심었다
호미를 들고 흙 가까이 앉아
꽃 없는 꽃잔디를 심었다

심을 때엔 몰랐다
갈라지고 갈라져서
이 땅을 덮을 줄은

소리칠 때엔 몰랐다
붉은 얼굴의 열이 내리고
적막한 밤에 아파할 줄은

기다림도 없었다
귀찮은 마음만 가득 부어 준 자리에
부끄러움이 무더기로 피어 있다

세상엔 조금 늦게 보이는 게 있어
우리가 그때 사랑했던 마음처럼

우리가 그때 배려했던 마음처럼

다시 꽃잔디를 심는 날이면
내 안에 피어오르는 생각을
저만치에 잠시 묻어 뒤야겠다

누군가를 잡아먹을 듯이
가슴에 선한 생각일지라도
저만치에 잠시 묻어 뒤야겠다

노란 잎의 카네이션

예쁜 말이 듣고 싶어
미운 말을 주는 이에게
예쁜 말을 건넸다

사소한 마음과
부끄러움의 무늬 따라
같은 물결을 그리며

흘러갈 말이 좋아서
나 아닌 이의 말에 귀를 기울이고
같이 흘려보낼 말을 들려 주었다

그러나 사랑이 쌓는 탑은
왜 그리 투명하게 흔들리고
미움이 쏘는 침은
왜 그리 선명히 남는가

찰나의 화를 참지 못해

던진 미운 말 하나가
예쁜 말들을 모두 지워 버렸다

소리친 순간
내 안 가득 들어찬 민망함에
허탈함에

또 맨발로
도망쳐 나왔네

상처의 유혹

떠날 것을 생각하니
밉지 않더라

떠날 것을 생각해야
밉지 않은 게 슬프더라

언젠가 떠날 그대여
무엇이 그리 아파서
그토록 미워하는가

나무

톱으로 그의 팔을 잘라 냈을 때
허공과 맞닿은 흰 단면이 기괴했다

껍데기 흘러가는 물결을 끊어 낸 데에
잔인한 마음이 묻었고
땀방울에는 화가 섞여 떨어졌다

나무를 자르기 전
나도 일 년에 한 번쯤은
몸에 매달린 이파리들을
전부 내려놓고 싶었다

그러면 오히려
한여름에도 찾아오는
삶의 눈보라도 견딜 수 있으리라며
나무처럼 살고 싶었는데

텃세에 못 이겨 그를 박박 썰면서

푸른 하늘 아래 이를 물었다

어떤 꿈에는 침 흘리는 아버지가
생쌀을 씹으며 비웃고
잘못한 이들이 떳떳하게 입을 털고 있었다

봄이 오자
그는 상처 주변으로
홀가분함을 밀어 올렸다

아직 내려놓지 못한 나의 손길로
더 많은 것을 내려놓은 그의 모습은
아침 세수한 얼굴처럼 깨끗했고

우와한 나로부터
이파리 하나가 툭,
떨어지는 중이길 바랐다

빈칸

나의 빈칸을 들켜 버리기 전
그곳은 이미 아름다운 색으로 채워져 있고
야무진 생각과 마음이 있다고
믿었던 날들이 있다

이 바른 것들이라면
남들도 마땅히
갖고 있으리라 믿었던
믿고 싶었던 날들이 있었다

그래서 누군가의 빈칸을 마주할 때면
나의 빈칸도 더럽거나 헛될지 모른다는
사실을 잊은 채
어떻게, 어떻게 하며 놀라곤 했다

그러나 나의 빈칸을 모르고 있을 리 없다
그곳을 들켜 버리는 날이면
너무 많은 내가 되어 버릴까 두려워

안으로, 안으로 밀어 넣었던 것이다

세상 그 무엇에도 빈칸이 있다
빈칸과 빈칸은
영영 만나지 않을 수도
만나면 콱 물어뜯을 수도

혹은 서로를 위해
같은 물감을 덧칠해 줄 수도 있다

끈적하고
부드러운
미친 공간인 것이다

발바닥

살아갈수록
나는 유해지는데
발바닥은 또 한 겹 두터워져 있었다

여기저기서 날아오는 화살을
가슴이 받아 내는 동안
곳곳에 가시나무를
혓바닥이 휘두르는 동안

그래, 마음껏 해 봐야 한다
그래서 유해질 수 있게
발바닥은 기다렸던 모양이다

외로움도 견디고
이 썩어 빠진 생애를 살아 내도록
함께였던 모양이다

발바닥을 보았다

다시 초록으로 물드는 계절과
젊은 날의 꿋꿋함을 보았다

물먹은 휴지

물먹은 휴지가 말라 바삭해졌다
연약했던 흰 가슴을 넘어
그러나 여전히 간직한 채
굳세어져 있다

우리도 이와 같다

눈물 흘린 뒤, 젖은 눈가를 말리는 사람은
텅 빈 마음 어딘가에 상처를 넣어 두고
소중히 품은 채
다시 일어선다

보통의 향기

무더기로 핀 꽃들이
언제나 서로를 사랑하고
팔 벌려 안아 주고 있을까

한 가지에 매달린 잎들이
언제나 함께 지고 싶을까

떨어져 고인 빗물들이
극적인 인연을 말하며
하늘로 갈 때에도
같이 가자 속삭일까

너와 나는 꽃이고
나뭇잎이고
빗물이다

지는 날까지
사랑만 할 수 있으랴

익어서 떨어지고
말라 흩어지기까지
끌어안아 줄 수 있으랴

요동치는 날들 있어도
부끄러워만 말고
몽글몽글 피어오르는
보통의 향기를 어루만지고 싶다

밤바람에 꽃이 부대끼고
창문 너머로
작은 말소리 들린다

날개

산 이마 위에서
땀 흘리는 나에게
바람이 손을 내민다

끝자락에 엎드린 나에게
사람들이 손을 내민다

사랑이 날아다니다가
어깨를 툭 건드린 뒤
날아갈 채비를 한다

희망

바람을 사랑하는 힘과

잠시 멈추어 설 수 있는 용기와

작은 빛에도 좋아할 안녕과

오늘 밤이 따뜻할 거라는 기대가

우리의 슬픔을 끌어안아 주어서

아무것도 아닌 날들이 가득하기를

함부로 미워하지 않는 마음과

사색에 빠질 수 있는 깊이와

혼자서도 괜찮을 준비와

가진 것을 나눠 줄 거라는 다짐이

우리의 슬픔을 끌어안아 주어서

아무것도 아닌 날들이 가득하기를

3부

어
둠

차라리 장마가 되어

그동안 내가
너에게
다가간 줄 알았지

이제야 네가
나에게
다가와 주었음을 알았다

풀이 자란
낯익은 곳에서
다시 만날 때에도

너는 나보다 빠른 속도로
나는 너보다
미안한 속도로

서로를 향해 달려가겠지
짧은 꼬리를

힘차게 흔들어 주겠지

스친 봄비가
그칠 맘이 없다

흙 앞에서

네가 흙이 되고
꽃이 되고

세상 전체가
너로 덮였으니
그만 보내 주라는데

나는 네가
흙도, 꽃도, 비도, 별도
아니었으면

이 세상 전체가
너로 가득할 것 없이
작은 너 하나가
보고 싶은데

봄의 온도

기대 울 곳이 없어
풀이 자라나는 곳으로 갔다

흔들리고 반짝이는 것들에
기대고 싶었다

꽃들엔 편지 보낼 일 없이
가까이 다가가면 되었고

바람에 일렁이는 모습은
발가벗은 듯이 깨끗해서

욱신거리는 곳을
더 세게 건드려 주었다

재채기가 나와야 하는데
흙은 거뭇게 잠겨 갔다

딱딱하게 뭉쳐진 숨을 내쉬지 않고서는
건널 수 없는 곳에서

기울어진 산이
초록으로 물드는 순간,

나는
울음을 터뜨릴 것만 같았다

나뭇잎 바라보다

너도
그랬을까

너의 그림자를 숨기느라
많이 외로웠을까

오늘 밤 길을 걷다가
날 보면 항상 웃어 주던
나뭇잎의 뒷모습을 보았다

흐릿한 줄도 모르고
서늘한 줄도 모르고
변함없이 웃고 있다는
생각만 하면서

지나간 날들이 가벼워
할 말을 잃고 유난히 찬
산들바람을 맞으며

한참 동안 그곳에 서 있었다

너도
그랬을까

내가 너의 뒷모습을
바라보지 못해
많이 아파했을까

바다를 보러 가서

바다를 보러 가서
바다를 본 적이 없다

파랗고 맑은 찰랑거림에
짭짤한 소리에

눈동자가 헤엄치길 바라며
바다 앞에 서면
바다는 안으로 사라졌다

바다가 보이는 먼 곳까지
내가 사는 그늘을 끌고 와 버렸다

사는 동안 몇 번이나 사랑을 잃었다
사랑을 잃고 나서야
촛불을 밝히던 손끝의 온기

돌아오는 길에

바다가 그리워졌다

본 적 없는 바다가
그리워졌다

겨울 해

눈처럼 녹아 버렸지
당신은 따뜻하지 않으면서
따뜻함을 주는 겨울 해

그 빛으로 푹푹 안부를 묻고
말하면 눈처럼 녹여 버렸지

그게 마지막 숨인 줄도 모르고
빛에 비친 얼굴이 밝아서
뿌듯해했지

그대의 따뜻함을 안다
그대의 빛이 반듯함을 안다

눈 내리는 이유를 몰라서
춥고 떨려도 세상에 남고 싶은
찬란한 마음을 몰라서

따뜻함을 잃은 그대
당신은 겨울 해

시린 따스함 안겨 주고
그 손길에 눈처럼 녹아
사라지는 것들을 보지 못하는

당신은 겨울 해

와이퍼

말보다 먼저 나오는 것이 눈물인데
흐르기도 전에 손사래를 치네

비의 무게

지금 내리는 빗방울에
어떤 사람이 웃고
어떤 사람은 웁니다

작은 물방울 하나
별것 아니라고 흘려보내고
하도 많아서 무겁게 내려앉습니다

어떤 사람은 창밖을 바라보며
와인을 마시고

어떤 사람은 비가 내리는 줄도 모른 채
깊은 잠에 빠져 있고

어떤 사람은
죽음을 생각합니다

작은 물방울 하나

그저 그런 것이라고 흘려보내지만

하도 많아서 버거웠나 봅니다

엘리스 엘리스

사 평이니까 현관 쪽이 좋겠어
쭈그러진 소주잔이랑
아, 이건 딱 하나뿐이었는데
깨진 플라스틱
페트병 뚜껑은 반드시 따로 버려야 해
캔은 자꾸 어디서 나오는 거야
유리, 검은 비닐
은색 집게랑 국자는 꼭 서로 옆에 있게 해 줘
그래야만 해
오늘 내가 다칠 일은 없을 거야
있잖아
오늘도 내일도
일상을 여행처럼 살아 보겠다고
언젠가 아픈 것이 또 오기를 바랐던 거면서
올 줄 안다고
올 줄 알았다고 하다가
검은 비닐에 오른쪽 엄지손가락을 베였어
많이 아팠나 봐 화가 났었나 봐

나는 내 옆이 싫어

내 옆쪽이 싫어

가장 오래된 친구들을 떠났고

처음 보는 사람들 앞에서 씩씩하게 말하고

어른과 이야기할 땐

죄송해요

거짓말이었어요 다

그때 그 애가 네가 맞니?

그럼요

거짓말이었어요.

거짓말일걸요?

엘리스

너는 나를 업고 가 줄 거지?

네가 어떻게 생겼는지

나는 본 적 없어서

네가 어떻게 생겼는지

나는 잘 알아

나쁘다고 말해 준 거

여태까지 그래왔고

너는 날 잘 알아서

앞으로도 엘리스는

마지막 숨을 보면서 사라져도

별처럼 구름처럼 거짓말을 하면서

곁에 있어 줘

오늘은 그 아래 유명하다는 산이 너무 예뻐서

사진 몇 장을 찍었는데

그럴 수 있다고

해 줄 거지?

이상한 나라

내 안에 흐르는 강물을 따라
옅은 물줄기를 걷다 보면
가난한 사막이 나온다

그곳엔 태양도 없고
여우도 없고
장미도 없고
뱀도 없고

사랑처럼 말라 버리고 마는 것은
가슴까지 모래가 쌓여 버리고 마는 것은
슬퍼했던 날들처럼
더러 찾아오는 일이다

저 높은 곳에 올라가면
서러운 눈발이 입술 위로 시름시름 내리고
말처럼 차가운 얼음 파편 아래로
사막의 모서리가 잠겨 버릴 때에

죽음을 생각한다

그곳엔 없는 해 질 녘을 그리며
나와 함께 죽을 몇 마리 새들과
못난이 선인장들과
강물이 지나간 발자국들에게 말한다

나 무섭지 않아
너희도 괜찮지?

흐르는 강물을 따라
하루에도 몇 번씩 말랐다가 차오르는
물줄기를 따라 걷다 보면

작고, 얼어붙은
가난한 사막이 나온다

거미줄

죽고 싶은 날에
손바닥만 한 거미를 보았다
배를 뒤집고 누워 있는 거미가
죽은 줄 알고 불어 내니
움직인다

거미가 있던 창고 문을 닫고 돌아와 앉으니
거미 한 마리에
사는 게 더욱 무서워졌다

다음날 여명
집을 나서려 자전거에 오르니
거미가 집을 짓고 있다

페달을 밟다
하늘의 달을 보며
죽어서도 볼 수 있을까 생각하는데
거미줄이 하나둘 내 몸에 걸린다

팔에, 손등에, 입술에, 이마에

화가 나 줄을 떼어 내려 몸부림치는 동안
자전거 안장엔 이슬이 내리고
내가 떠나온 길을 돌아가는 동안
거미줄이 다시 몸을 붙잡았다

바람이 쓸쓸한 볼을 만졌고
백합꽃 향기도 그랬다

그제야 나는
'그래도 살아'
라는 말이 어른거려서
거미줄들을 떼어 내지 않았고

습기에 젖은 몸을 씻으며
욕실 배수구를 막고 있던
머리카락들을 빼내기 시작했다

엄마의 울 곳

엄마는 나의 울 곳이었다

멀리서
엄마 전화가 오면
내 방에 들어차는 해가 서러워

엄마. 하면
어야
힘들어?
말씀하시곤 했다

어릴 적 허벅지 베고 누워
당신의 따가운 발뒤꿈치를 만지면서
내 발도 이렇게 되는 거냐고 물으면

엄마는
한참, 한참 뒤에
하고는 TV를 보셨다

한참 뒤에 천천히 굳어 가는
내 발뒤꿈치를 만질 때면
그 기억이 울렁였고

언젠가부터 엄마의 발을 본 적 없는
지나간 날들도 손짓하며
나를 괴롭혔다

엄마는 그때에도 나의 울 곳이었다

그러던 어느 날
엄마가
울 곳이 없다고 말했다

불꽃

무채색 하늘 작은 세상에
불꽃 하나 피어오르다

불꽃 속에서
차갑게 멈춘 어머니의 팔을 잡고

네모에 갇힌 짝꿍 앞에서
적막한 울음을 터뜨리면

불꽃은 시들고
캄캄한 새벽 눈앞
별빛이 똑-똑 뺨에 흐르다

그 눈물에 눈길을 준다
눈물 속에서
사랑을 먹는다

사랑에는 색깔이 없다

나는 그 사랑을 먹고
죽음을 기다리며 타오르는
불꽃

가을 새벽녘 이슬보다 차갑고
예쁜 외로움 없고
살아가는 것들과
죽은 것들 사이에서

별빛에는 언제나 어둠이 앞서 있듯이
사랑 속 고통으로 살아가기로 한

불꽃 속 타오르는 불꽃
불꽃,
불꽃.

엄마의 울 곳 2

강원도 홍천군 남면 양덕원리
군대에 간 막내아들이
많이 아프다는 전화
엄마는 새벽 일찍 전주를 떠나
아들에게 간다

떨리는 그 애 손을
떨지 않으려는 손으로 잡고
담당 간부에게 연신 고개를 숙이는 모습은
초등학생 아이의 조퇴를 보는 듯

지나쳐 가는 차들처럼
불쑥불쑥 돌아가는 아이의 고개에
차 안에는 군번줄 찰랑거리는 소리
엄마는 핸들을 꼭 쥔다

아들을 데리고
전주 시내의 맑은 신경정신과에 간 그날부터

엄마는 또 한 번 낯선 세상에서
온몸을 바쳤다

그렇게 5년이 지났다

떨리는 엄마 손을
떨지 않는 손으로 잡고
신경정신과로 가는 시내버스에는
이른 봄 식은 해도 타 있다

접수대를 넘어가는 이름은 엄마의 것
한참 뒤에 아들을 부르는 간호사

문 열고 들어간 진료실엔
이미 붉게 젖은 엄마가
애처럼
울고 있었다

보조개

사랑하는 사람이
자꾸만 미안하다 말한다

창틀 안 달밤은 아름답고
삶에는 어찌할 수 없는 눈물이 있다

여름을 먹는 바람은 항상 올곧고
나는 그 바람을 먹으며 흔들리고

생의 끄트머리를 그린 그림
여러 장 따라가다

실없이
파인 보조개

파랑, 파랑

상처로 들어와
여기 빈 곳이 있어

파랑에 살갗 긁힌
절벽이 지친 이에게

구멍 난 자기 몸 가리키면서
건넨
말

사랑 이상 어둠 낭만

여름이 올 거야

자고 일어났더니 슬픔이 찾아왔다
봄바람도 함께 온다
곧 여름이 오겠다

봄은 다시 돌아온 것이 아니다
내가 보았던 봄은 죽고
새봄이 왔다

슬픔은 슬픔만이 아니다
슬픔은 기쁨이기도 하다

봄바람처럼 몽글하다가도
때로는 매미 울음 같은
꿈틀거림이기도 하다

이 봄이 지나면
여름이 오겠다

4부

낭
만

그래서 좋은 사람이 그리운가 보다

사랑하는 사람에게
그립고 쓸쓸한 마음 담아 보낸 편지

그리고 그에게서
사랑하는 마음 실어서 온 편지

새로운 곳에서 잘 지내려 노력하고 있다
조금은 힘들게 살아가고 있는 이들을 위해 힘쓰며

그런데 나 또한 때로는 외롭구나
낯선 곳에서 홀로 지내는 것이 쉽지는 않구나

사람은 늘 외로운가 보다
그래서 좋은 사람이 그리운가 보다

나에게 너같이 덩치 큰 사나이가
기대어 올 줄은 몰랐다
그것이 오히려 반갑고 고마웠다

〈방문객〉의 화자처럼,
바람을 흉내 내어 환대하고 싶었다

언젠가 교단에 설 너에게도 덩치 큰 사내아이가,
혹은 귀여운 여자아이가 기대어 올 게다

그때 그 아이를 넉넉하게 안아 주고
환대할 수 있을 게다

그러니 지금의 너를 있는 그대로
넉넉하게 안아 주고 환대하길 바란다

자책하지 말고
사랑해 주길 바란다

겨울 어느 날 어디서든
만나게 되길 기대한다

연락하렴.

시들어 가는 시들에게

현관 앞에 놓은 한 단의 대파가
조금씩 시들어 간다

그 옆의 오래된 신발도
시들어 간다

그 옆에 엎드려 우는
마른 걸레도 시들어 간다

매일 밤 피우던 창가의 향초도
밑으로 잠기어 시들어 간다

그 옆의 옷장도 시들어 간다
그 옆의 책들도 시들어 간다
그 옆의 벽지도 시들어 간다

내 작은 집이 시들어 간다

사랑 이상 어둠 낭만

내 곁에 시들어 가는 것들이 있다
시들어 가는 것들 곁에 내가 있다

내 아버지도 어느새 시들어 있고
내 어머니도 어느새 시들어 있고
착한 우리 형도 시들어 간다

세상의 모든
시들어 가는 시들은
작고, 귀하고, 서러워서

잠들어 가는 그 모습
참 아름답구나

노을

나를 봐 봐

너의 흐린 눈에
마지막인 것처럼
어떠한 색이든 채워 넣은 다음에
나를 봐 봐

숨이 막혀서
울음을 터뜨릴지도 몰라
그러나 그 또한
하나의 색깔로 남을 테니

무릅쓰고 나를 봐 봐

이제 나는 조금씩
사라져 갈 거야
하지만 잠시
다른 누군가를 밝히러 가는 길일 뿐이야

그동안 너는 잠이 들어도 좋고
아니면 어두운 곳에서
다가올 밤을 새워도 괜찮아

다시 올게
네 눈에 묻은 지금 이 모습으로
여기에 올게

밤의 적막

적막을 깨지 않으려

비행기도 숨을 참고 날아간다

날개로부터 묻어나는

불빛만이 정직할 때

개는 운다

별들이 서로 닿을 수 없듯이

띄엄띄엄 울고

나무도 풀들도 울지 못해 차오른 이 적막을

대신 비워 내기 위해 운다

이 밤은 기꺼이 개의 울음소리를

녹여 주려나 보다

별들이 손을 잡아

전부 내려놓고

걸어가도 될

밤의 적막

빨랫대

비 내린 날 밤
옥상에 놓인 빨랫대가 운다

젖은 옷들이 기대어
제 몸을 말리려면
울지 말아야 할 빨랫대가
울고 있다

귓속말처럼 들리지 않던 비는
조금 전 그쳤다

내일 아침이면
빨랫대는 시치미를 떼겠지
울지 않은 척, 아무 일 없던 듯

온갖 먼지를 묻히고
물과 거품 속에 잠겨
이리저리 치이느라 지친 옷들은

메마른 그의 팔과 어깨 위에 엎드려
키득거리다 잠들겠지

비 내린 날 밤이면
아무도 없는 날 밤이면
빨랫대는 운다

비 오는 날의 상념

마가렛 한 무더기
밤비에 쓰러집니다
기다림 없는 생
커피 한 모금 좋고
피아노 소리도 좋습니다
뻐꾸기 널찍하게 우는 밤에
소설을 읽다가 소설가들의
뻔뻔한 용기를 동경하기도 하고
삶에 행복이 없다는 친구를
비처럼 가서 안아 주기도 했습니다
어떤 사랑 이야기를 들으면서는
나의 지나간 사랑을 추억하고
슬리퍼를 신고 도망쳤던
무덥고 무서웠던 여름밤의
가출이 생각나
소름이 끼치기도 했습니다
물줄기처럼
고이고 흐르고 스며드는 것이

싫지 않습니다
그래서 누가 부끄러운 생각에
꽁꽁 숨겨 두었을 상념의 흐름도
싫지 않습니다
눈을 감고 있지만
오지 않는 잠을 기다리지 않습니다
비처럼 쏟아질 때 찾아올 테니
다시
달빛 같은 생각을 이어 갑니다

꽃을 들고

양복 차림을 한 중년 남자가
한 손에 꽃다발을 들고
걸어간다

가을과 겨울이
서로를 향해 내민 손끝에
바람이 차갑게 이는 저녁

그가 든 꽃에도
저녁은 찾아와 있었다

힘없이 주저앉은 와이셔츠의 입술처럼
그의 손끝에 매달린 꽃잎들의
혀끝이 쌉쌀하다

꽃을 들고 어디론가 걸어가는
그 남자와
서로 다른 방향으로 걸어가며

문득 든 생각

어쩌면 처음부터 그에게
꽃은 없었을지도 모른다는 생각

꽃을 들고
내 옆을 지나간 남자의
시든 어깨가 유난히 무거워 보이던

그날 저녁 그 길목을
거꾸로 빠져나오며 내 안엔
알 수 없는 먹먹함이 피어났다

여인과 오일장

젊은 여자는 올여름 엄마를 여의고
오일장에 갔다

붉게 썬 양배추와 순대, 곱창,
푸른 테이블 위 소주잔 하나에
한낮 찬란한 태양빛이 묻는다

사라진 집 반찬을 채우려
늘어선 장터를 웃음으로 거닐며
검은 봉지 가득 먹을 것들을 채워 넣었다

김 파는 아주머니는 그녀의 고운 손을 칭찬하고
여인의 얼굴엔 장터를 가득 메운 활기처럼
싱싱한 웃음꽃이 피는데

채울수록 비어 가는 가슴
턱 울리는 소리 체한 듯 커져 가
세워진 트럭 뒤로 가 앉아

우는 여인

머리 위로 흰 새가 빙빙 날고
초대 가수 흥겨운 트로트 소리
아스팔트 색 더욱 짙어졌다

새로운 천막 밑으로 들어가
장터 옆 하천, 처서 바람과 잔 마주치며
천천히 소주를 마시고
볼 가득 안주를 넣고 씹는다

고소한 맛 짠맛 두루 퍼지고
손바닥으로 얼굴을 가린
여인을 본 할머니는 못 본 척
도닥도닥 안주를 만들고

그사이 다시
잠드는 여름

집으로 가는 그녀 머리 위
흰 새가 훌훌 따라 날아오고
오일장 흔쾌한 설움
희미해져 간다

눈꽃

눈이 며칠을 쉬지 않고 내리다가
하루 겨우 멎나 싶더니
다시 내렸다 - 내리는 줄 알았는데,

나뭇가지에 엎드려 있던 눈이
걸어 내려온 것이었다

이 세상 어느 조각 덮기에도 작아
쌓이는 것마저 먼저 온 눈들의
체온을 빌려야 하지만

눈꽃은
조금만 더 오래
세상을 바라보고 싶었던 것이다

그러다 바람이 불면 그 위에 얹혀서
아무도 모르게 내려오려 했을 것이다

수줍게 내려오는 눈에는
아무것도 섞이지 않아서
그의 사생활을 훔쳐본 도둑 같은 나는
한동안 움직일 수가 없었다

미처 내려오지 못한 적 없고
걸어 내려온 적 없는 그에게는
꽃이라 불리는 이유가 있었네

공중 산책

내가 만약 하늘에서
하늘에서 떨어진다면

아주 높은
높은 곳에서
울음을 터뜨리며 떨어진다면

그 물방울들
나보다 위로 위로 날아갈 거야

그러면 어느새
내 몸이 가벼워져서
나도 날아
날아갈 거야

그리고 떨어지는 눈물 다시 만나면
두 볼로 인사한 다음에
아래로 아래로 떠나보낼 거야

날개 없는 내가 가진 게 많아서
하늘을 날 수 있는 건
행복한 일이야

파도에서

마음이 부서지지 않게
차갑게
부서지는 파도 앞에 서 있다

바람에 흔들리는 얼굴
우뚝 서는 대신
꽃처럼 휘날리는 눈빛이
싫지 않은 마음

파도처럼
부서지게 내버려둬야지
부서지는 소리,
아름다워

부서짐이 좋은 오늘
내버려둔 몇 분의 하루와
파도

잃어버린

꽃 피었다는 말에도
시들한 몸짓

날이 뜨거워졌다는 말에도
쌀쌀해 양말 한 쪽 두 쪽

꽃 피면 일렁이던 내 마음 어디 갔나
옷 벗어 재끼던 몸뚱어리 어디 갔나

굳어 가는 날개를 주무르고
긴 머리만 묶다가

고작 택배 왔나 안 왔나
마당을 기어 나온 몸 부르는
꽃의 목소리

나는 어떤 춤을 추었나
그 추억과 악센트 위에서

푸른

푸른 바다
푸른 하늘
푸른 어둠
푸른 사랑

이른 봄
실은 겨울
푸른 이상
서로 다른 상상

푸른 언어
푸른 눈썹
푸른 슬픔
푸른 중독

잃은 꽃
무른 가슴
푸른 얼굴
서로 다른 웃음

안녕 한 무더기의 민들레

저 콘크리트 계단 구석에 핀
민들레처럼 예쁘진 못해서
나의 초록은 종종 모난 구석이 되었고

산은 울면 안 되는 세상
덩치는 산만 한 내겐 참 부끄러운 일이 많았습니다

깜깜한 우주에서
불꽃으로 피어나지 않으면 살 수 없어
자꾸만 튀어 오르던 나의 불씨는
가족에게조차 따가워서
집에서 집에 가고 싶었던 날이 많았습니다

저 콘크리트 계단 구석에 핀
민들레처럼 사랑받지 못해서
나의 노랑은 종종 별난 구석이 되었고

시를 살면 안 되는 세상

시를 쓰는 내겐
금지된 일이 많았습니다

건조한 우주에서
물꽃으로 솟지 않으면 살 수 없어서
자꾸만 솟구치던 나의 샘물은
만난 이들에게도 차가워서
앞에서 사라지고 싶었던 날이 많았습니다

초록색 풀밭 위에 무더기로 피어난
민들레를 바라보면
덜 외롭고 안녕한 날이 찾아옵니다

안녕, 한 무더기의 민들레
안녕, 한 무더기의 민들레

나를 사랑하고
당신을 사랑하고

흙과 바람을 사랑하고

어둠과 빛을 사랑하고
풀과 비를 사랑하고
별을 사랑합니다

저 콘크리트 계단 구석에 핀
민들레처럼 예쁘진 못해도
오늘도 햇살 한 잎 삼키는
나의 초록, 나의 노랑

라벤더

많고 닳은 소리가 맑고 다른 가슴을 차갑게 합니다

가슴이 차가워지면 연보라색 꽃이 가득 피어난 곳에 앉아서
하얀 나비 붕붕 날고, 접어 온 종이비행기를 날리는 상상을 합니다

투명하고 단단한 적막 속 내가 사는 동안 가진 것들을 생각합니다
나를 차갑게 한 것들과 잊어버린 것들을 생각합니다

순간이 엮은 삶을 띄워 보낸 뒤에 멀리서 바라보면
연보라색 슬픔이 아름다울 때가 있습니다

순간이 엮은 삶을 띄워 보낸 뒤에 천천히 바라보면
연보라색 아픔이 사랑스러운 때가 있습니다

낭만의 형태

낭만은 파도 같은 거야
어느 곳에서도 같지 않아서
그 모양을 붙잡을 수 없지

비 오는 날이면
빗소리 사이로 마음을 젖히고

차가운 날이면
찬 바람에 두 볼을 내어 주고

별이 많은 날이면
그 아래 누워
밤하늘의 숨소릴 듣고

마음이 젖은 날이면
울다가 웃는 것도
다 파도 같은 거야

그럴 줄 몰랐던

그래서 좋았던